蒙古国文学经典译丛

巴·拉哈巴苏荣诗选

【蒙古】巴·拉哈巴苏荣 著
哈森 译

内蒙古人民出版社

图书在版编目(CIP)数据

巴·拉哈巴苏荣诗选 /(蒙)巴·拉哈巴苏荣著;哈森译. —呼和浩特:内蒙古人民出版社,2020.7
(蒙古国文学经典译丛)
ISBN 978-7-204-16344-1

Ⅰ.①巴… Ⅱ.①巴… ②哈… Ⅲ.①诗集-蒙古-现代 Ⅳ.①I311.25

中国版本图书馆 CIP 数据核字(2020)第 108062 号

巴·拉哈巴苏荣诗选

BA LAHABASURONG SHIXUAN

作　　者	[蒙古]巴·拉哈巴苏荣
译　　者	哈　森
责任编辑	于汇洋
封面设计	苏德佈仁
插　　图	阿茹罕
出版发行	内蒙古人民出版社
地　　址	呼和浩特市新城区中山东路 8 号波士名人国际 B 座 5 楼
印　　刷	内蒙古爱信达教育印务有限责任公司
开　　本	680mm×960mm　1/16
印　　张	11.75
字　　数	160 千
版　　次	2020 年 7 月第 1 版
印　　次	2020 年 7 月第 1 次印刷
印　　数	1—2000 册
书　　号	ISBN 978-7-204-16344-1
定　　价	32.00 元

如发现印装质量问题,请与我社联系,联系电话:(0471)3946120

序言：超越的自由是辽阔的

宝音贺希格

认识蒙古国诗人巴·拉哈巴苏荣二十多年，结识译者哈森亦有四五年。读原文、读译文，诗的魔力带给我的延伸，难以用具体的时间来计算。诗是无尽的，翻译会使它更加延伸。

西里尔蒙古文是横排文字，与汉字一样“摇着头”读，而传统蒙古文，是“点着头”读——据我所知，后者是当前世界上唯一的竖写体文字。“摇头”和“点头”，是截然不同的动作语言。但难能可贵的是，在这语言转换的过程中它们却书写了一个加号（“+”）。从这点来说，原诗与译诗的加法组合是一件庆幸的事情。

先由西里尔蒙古文转写成传统蒙古文，再由传统蒙古文翻译成汉文——正是这些诗歌产生的经纬。译者在两年多的时间里，不时地往返于三种文字之间，徘徊于可译与不可译之间，寻找着能够将诗歌逆向还原的最大可能性。她企图探索更多语言的缝隙，在微妙中倾听不同语言文化的不同声音，无限地接近那“磨尽自己/终归锋利对方的/青色磨刀石的碎块”（《我》）。

诗人巴·拉哈巴苏荣是生于草原的乌兰巴托人，又是生活于乌兰巴托的草原人。乌兰巴托这座城市对蒙古草原来说，只是一个小小的顿号。她既不是开始，也不是结束，是延伸中的一次瞬息停顿。那里的冬天寒冷而漫长，夏天短暂且昼夜温差悬殊。诗人生存于两极如此和谐而矛盾的所在。这里的暗示对诗人而言，似乎是天经地义的启发。大自然的身体对“天和地的孩子”（《我》）是如此反应敏感：“妈妈临产的呻吟中/百花花瓣飘然落地/我降生的啼哭中/千种花蕾欣然绽放。”（《我》）“飘然落地”和“欣然绽放”是诗人对自然之美在两极之间的感恩和顿悟。

追寻诗人的思绪，我们发现，诗人灵魂驰骋于自然的两极之间，更遨游于时空的两极之外，他示范着用诗歌语言超越那些看似无法逾越或者“水火不容”的对立，甚至打乱它们本来的位置或意义，使之重新组合。在诗的语言中流淌或崩裂出深沉而辩证的思考。

生与死、有与无、寂静与喧哗、黑与白、上与下、取与舍、领与襟、高与低、开端与结束、有限与无限……这些意象贯穿于他的诗中，自始至终、自终至始，永不休止。在诗人的世界里它们相互矛盾，相互转换，又相互补充，完美地融为一体。“大声讲出真话时/听到假/大声说出假话时/听见真。”（《大声讲出真话时……》）“花丛中/我曾遗忘石头/现在想想才明白/原来石头柔软，花朵/坚硬。”（《花丛中……》）真与假、坚硬与柔软的相互转换，使阅读更加愉快而参悟，那是诗意与哲理共鸣的一瞬。

“虽然离太阳近/山峰却寒冷/虽然距太阳远/山麓却温暖。”（《山麓与山峰》）寒冷与温暖、远和近，构成两极，却各自独立。同样，在《冷泉》中“整日吮吸着太阳/却是刺牙的/冷/整夜漂洗着月亮/却是漆漆的/黑……不因雨水而暴洪/不因阳光而枯竭”，也出现类似的两极。可在这些诗句里，两极由于各自独立而使它们紧张的关系顿然消失。

“花朵延伸/直到石头……身体延伸/直到死/我延伸/直到无。”（《延伸之诗》）在这首经典的诗作中，“延伸”成为线索，而“延伸”的前后两极耐人寻味。诗人在《以自己的方式》中写道：“……只有进入棺材时/我以‘别人的’的方式。”由此可见，延伸是一种“以自己的方式”活着，直至“死”乃至“无”的过程……但他同时又意识到“生而死/死而生的/轮回无尽”（《无尽之诗》），“死亡即是开始”，于是，两极在无限轮回中产生新的意义。

罗兰·巴特曾说：“两项的矛盾通过发现第三项而消失。”诗人巴·拉哈巴苏荣的诗这样写道：“无论在黑暗/还是在光明/乌鸦/是看得见的黑。”（《黑暗》）如果，黑暗中也能够看得到“黑”，我想，那是“第三项”的某种线索。诗人巴·拉哈巴苏荣擅长给众多静止的两极关系建立独特而美丽的联系方式，意在对它们的超越。

超越的自由是辽阔的。

二〇〇八年

目录

contents

目录
contents

目录
contents

目录

contents

目录

contents

巴·拉哈巴苏荣

巴·拉哈巴苏荣(1945—2019),蒙古国著名诗人,一九四五年出生于中央省温株勒苏木。曾任蒙古国作协主席、蒙古国大呼拉尔议员。曾获蒙古国作家协会奖、蒙古国文化杰出功勋奖、蒙古国国家功勋奖以及“蒙古国人民作家”称号。曾获蒙古国“水晶杯”诗歌大赛冠军三次。二〇〇七年,在世界诗歌大会上获“杰出诗人”奖。著有诗集、歌剧、电影、儿童剧、歌词等多种作品集。

额吉河

我慈祥的额吉啊
影子消失二十载
串珠般的二十载
我曾几日怀念她……
——摘自笔记

源自每一位母亲的胸口
浩浩奔腾的乳汁大河
额吉河
只随着儿女流淌
承受苦难的白色河流
额吉河
和所有母亲一样的
额吉河
只像我母亲一样的
额吉河

* * *

额吉河
温软而苍茫大地的养分

预兆和愿望的火热生命
远方海水的苦涩
从两级蒸发的水
颜色生变的血
忘乎自我的“本”
欢笑与泪水
无限幸福的味道
吸吮时不会哽咽的
液体“黄金”
流入每个人的咽喉
迂回环绕着
存在于每个身体
顺着太阳的轨道
呵护生命的爱河
寻着婴儿的小嘴发胀
孩儿在征途中遇难时
肌肤深处凝固的
伟大的思想巨匠
得与失的度母
穿越过去现在和未来
冲淡忧伤之影流淌的
额吉河

世上所有江河
都源自额吉河
世上所有人
都是额吉河金色的小鱼

＊＊＊

源自每一位母亲的胸口
浩浩奔腾的乳汁大河
额吉河
只随着儿女流淌
承受苦难的白色河流
额吉河
和所有母亲一样的
额吉河
只像我母亲一样的
额吉河

创作时间：一九八七年

孛儿只斤[1]的青青草原

叹息时
仿佛尝到母亲的乳汁
风儿钻入胸腔时
冷蒿的味道让咽喉发干
我的孛儿只斤的青青草原啊
满月穿越不过它而露宿原野
“天之卧处”
我的青青草原
盐蒿花之外再无花朵可慰藉的
赤裸裸的草原
珍贵优雅，素朴至极
期盼阳光与雨露的
有着大地奶香的大襟
在我踢着天腹降生时
你像绫罗一样柔软，我的草原
享尽幸福，尝遍痛苦
在你的石头上洒下喜悦与忧伤的泪水时
仿佛在训我“要像个男人一样挺直腰杆！”
对我极度严厉的你

---

① 孛儿只斤：成吉思汗的氏族名称。

在你的砾石上长了羽毛的飞禽
在天空死去时
乘风的羽毛会回落在你的怀抱
只有你喝掉
驼羔夭折的母驼
泛着悲痛之血光的奶茶
清空了它的痛苦
缓解了它乳房的胀痛
祖先逝去时陨落的流星
被你接纳到地球的中心
你的伤
愈合得远比心的伤口慢
我的草原!
你从牛犊的草地
给我铺开了玩具
自小娇纵了我

你没敢提起
曾经数百年的痛苦教训
让我天真

大地的眼睛你的泉水
穿透岩石的劲流
让我英勇

像是锯齿一样的遥远山头
你那蓝色火焰锋利的火苗
让我振奋

只因美丽的你干枯消殒的声音
在你的月夜升腾的忧伤旋律
教我柔情

故乡吉祥的人们
乃至湖海畔的一枚石子
都教我成了人

效仿千年的山峦
当我白发苍苍
儿时吮吸的母乳
在鬓发上凝霜时
我将我的诗歌
如同石人
丢弃在你的怀抱
压着自己的影子倒下时
我会在你身上烙下深深的印记
我的
孛儿只斤的青青草原啊！

创作时间：不详

你定会想念我
当似火的热唇
占据你身心时
燃烧的情欲中
你也会忘了我
当锈迹吞噬利剑
当忘却啃噬巨大的想念时
你会忘了我
忘了
忘了
忘了

岁月在你我之间
如同白驹过隙
你会忘了我
轻浮的幻景在你我之间
朦胧苍茫
你会忘了我
忘了
忘了
忘了
当闻悉这个诗人亡故的那夜
你会想我，想我
情不自禁
你会想得撕心裂肺

创作时间：不详

运动

用白雪掩盖黑色
用花朵松软坚硬的　土地
被运动消损。
用繁星装点单纯
用劲风驱散烦闷的　天空
被运动雕刻。
时间，是运动的乐章
奖赏的旋律，演绎着哀乐。
用簌簌的雨和风啃着
世界的利刃。
运动
以亿万个锋利的角
分割着纷繁的尘世。
公务之遣与爱情的步履间
活生生的运动在呐喊。
轻的向上　重的向下的
空间
因为有了运动
被填满的现实里
人的生活境地

在轮回中
吞没逝者　抛出来者。
运动
在世界的怀里
破坏一切。
创造一切。
新纪元的孩子们
欲将飞出地球
他们幻想
用乘法加快地球的运转
迫不及待地迅速成长。
老婆婆纱锭上的线团
逃离一生的纠缠
围绕地球之轴
牵绊着运动
在流连与忙碌之间
运动在不动声色地回旋。
运动……
运动……
运动……

创作时间：不详

所谓的人……

所谓的人
像昨日一样“陈旧”
总在过错之中
却像迎接新事物一样
接手下一个过错
所谓的过错
像明天一样“新”

创作时间：二○一○年

我 — 我的身子

——易变的心思

我
我的身子
“小” 于假

我
我的身子
“小” 于真

我
我的身子
“小” 于不可

我
我的身子
“小” 于无

我
我的身子

“大”于自己的影子

＊＊＊

我
我的身子
“小”于起始

我
我的身子
“小”于结局

我
我的身子
“小”于昨日

我
我的身子
“小”于明天

我
我的身子
“大”于今日

＊＊＊

我
我的身子

“小” 于自己的脑袋

我
我的身子
“小” 于痛苦

我
我的身子
“小” 于诀别

我
我的身子
“小” 于身旁的荆棘

我
我的身子
“大” 于远方的山

创作时间：二〇〇八年

流水的表面……

流水的表面
岸边的
画面
在流淌
流水总以为自己
依着永恒之岸
流淌
岸在水中
流淌
水
流淌在
岸中央

创作时间：一九八九年

献

——《游戏与死亡的交响》节选

朝着死亡
朝着真
我们活着

任凭岁月
流逝
愈活愈走近那里

为了融入大地
短暂地活着
给公平的死亡
奖赏自己的生命
死亡……
真……

创作时间：不详

戈壁

受伤的羚羊
不忍血染沙漠
舔着伤口康复

美丽的女人
不愿辱没丈夫
扎紧袍带行走……

阳光照不到底的井水
水斗
颤栗的冷

月亮牵绊栖息的岩角
山峰
温润的暖

冷与热
循环凝固的
疆界

强悍败于柔弱
形成的
大地

时间的蜃楼
在它脊背上纵起
连幻影都雀跃。

远古的梦
在它腹中轻笑
沙漠因此常幻动。

伤怀于初月
洁白的柔情
通宵歌唱着坍塌。

点燃于太阳
金黄的光芒
终日向上燃烧。

不融于他物的
金色沙漠
是太阳的碎屑。

苍茫大地
干涸的波浪
是大海的余韵。

将我砌垒的游戏城堡
宿夜吞没的
沙漠。

毕生享用不尽
故乡赐予我的
福祉。

珍珠似的蒙古包
牛羊的气息
是我生命的挚爱。

拴着缰的驼羔
便是
马头琴。

走过山麓时
如果不下
马镫

自然而逝的祖先
遗骨纵起的
阳坡。

青青的海市蜃楼
追逐嬉戏的
旷野。

蓝天俯瞰大地
星星散落的
丘陵。

只因一句不吉利的话语
幼子
彻夜哭闹

牛皮筒中呼啸洋溢的
马奶
由此变色变味。

太阳月亮的沐浴中
心灵敏感的
人民。

蓝色歌谣的声波里
沙漠脉动的
三十三座戈壁。

宿营在数不尽的沙丘
一生都不向往
城市。

胡杨挺立的金色戈壁
是我
沙漠摇篮。

创作时间：一九七九年

无隙的蓝色寰宇

寰宇很小很小……
没有广众圆满的空间……

尘世很小很小……
如无留恋就没有可容的空间……

创作时间：二〇一二年

寂静中的喧哗

寂静中的喧哗
让人不得安宁
尘世啊
在月儿流浪的梦境
脉搏中的血液犹如江河咆哮
激动的心忍不住触摸
静静地倾听自己
寂静中的喧哗
无休止地折磨着
叶子静止不动
沉默无语的树木间
太阳自上而下
大地自下而上
彼此撞击澎湃
发出巨大的声响
在小草的芯里
日与夜欢呼奔跑
想你到无言时
每一个细胞都低吟你
无声滴落的泪水

像鹿越悬崖般的惊雷
划伤我的脸
你在远方的远方
却在我脑海中狂笑
震得我头骨欲裂
你的手触摸我脸颊的瞬间
你的掌心雷声阵阵
你每一根指尖电闪雷鸣
尘世啊
寂静中的喧哗
让人不得安宁

创作时间：一九八四年

苍茫的大地吞没月亮的清辉……

苍茫的大地吞没
月亮的清辉
饥饿的小白狗一样的月亮
跪着舔湖水的波澜
像是用我的泪水漱口的
姑娘一样的
水
伟大而高贵的
水
它不饮用光辉，让它漂浮着

水
吮着水草
不吞咽，让它撒欢
啃噬着山
不咬嚼，让它消损
水
将罪孽的
带孔珠子 —— 我
像佩戴死神脖子上的项链一般

温柔地串起
月亮的清辉
流向苍茫的大地
只跪向水

创作时间：不详

越是到了秋天……

越是到了秋天
树
越是喧闹
那是树枝与树叶
诀别时的哭叫

越是到了秋天
山
越是无声
那是因为听不到
远近万物的痛苦

创作时间：不详

默不作声的黑暗……

默不作声的黑暗
四只手，令人迷失的黑暗
唇自唇开始，你和我
恨不得吞了彼此
缠绵
温煦的黑暗
心智明灭的黑暗
你和我，用心灵之刀
恨不得捅了彼此
要死一般交汇
身旁陨落的星星
翻身时忧伤地沙沙直响
随后升起的月之“白血”
流淌在你我之间
亲爱的人
枕着我的胳膊目光清澈
不想哭泣
却有泪水浸透了心
留恋她长发的黑暗
被晨光驱逐，消散

日后，会有死亡
畅饮这个夜晚酿于两颗心的酒
酩酊大醉

创作时间：一九七九年

怀念你

怀念你
连同头顶闪烁的
吉祥三星

怀念你
连同透过天窗洒落的
皎洁月色

怀念你
连同擦过烈烈青草的
声声马蹄

怀念你
连同野草菲菲的
四个秋季

怀念你
连同你坐在背篓上的
调皮眼神

怀念你
连同你会爱上任何人的
些许错误

创作时间：不详

我来到这个世界时……

我来到这个世界时
不知来自何方……
我离开这个世界时
不知去往哪里……
在两个不知之间
我活着。

创作时间：二〇〇八年

决裂

决裂
就要像决裂一样
犹如皇帝一样生活
犹如犬狗一样死亡

轻轻解开
在我周围吹拂的
柔柔轻风的结
决裂

饶恕着
再回首时可能践踏的
花朵的生命
决裂

将烈烈的空气吸入胸腔
不让它出来折磨
天的五脏六腑
决裂

决裂
就要像决裂一样
犹如皇帝一样生活
犹如犬狗一样死亡

创作时间：不详

爱的保证书

我爱你
是真的
像这苦盐巴一样的真
像在雨水与阳光里凝结
傲然屹立的石头一样的真
像苍天怀抱里散落的
天河的星辰一样的真
像山峰从外部变苍老
由内部生长一样的真
像河水在流淌的过程中冰封　又在
流淌中融化一样的真
我爱你
是真的
像岁月嘶嘶低鸣的骏马
轮回和存在交响的
民歌一样的真
像颜色与影子交错的
昼夜一样的真
像地球的自转一样的真
像地球追随着太阳一样的真

我爱你
是真的
像化作大理石成为永恒之前
唯一火热的瞬间
最后一丝呼吸一样的真
像婴儿降生时
母亲的失声尖叫
惊起冻僵的马耳一样的真
我爱你是真的

创作时间：一九八二年

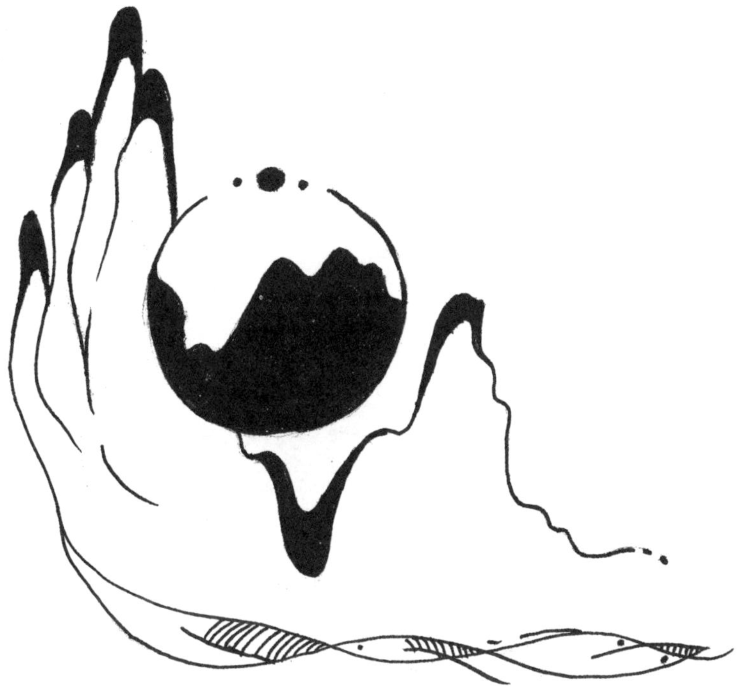

更替

春天的原野上
太阳熄息　星星点燃
夜晚来临

创作时间：不详

致妻子

如果没有亲爱的你……
谁会在斑驳的山崖引起回声
谁用歌声抚慰我脆弱的心灵
如果没有亲爱的你……
谁会清晨贴我胸前泪浸袍衣
谁给我的马镫弹捋洁白乳汁
如果没有亲爱的你……
清晰的梦中天空散落哪般星辰
漆漆的黑夜会被谁的笑声点亮
如果没有亲爱的你……
天地和谐定格的尘世间
谁会是唯一的支撑点
如果没有亲爱的你……
谁会与我共燃爱的蓝色火焰
谁用灼热的气息温暖我衣袖
如果没有亲爱的你……
当死亡以世间规律降临
谁伴身旁让我白头相依

创作时间：一九八〇年

延伸之诗

草原延伸
直到山脉。
花朵延伸
直到石头。
雾霭延伸
直到天际。
雨水延伸
直到大地。
幻梦延伸
直到清醒。
愿望延伸
直到失落。
思绪延伸
直到消散。
龌龊延伸
直到粉碎。
溪流延伸
直到冰。
目光延伸
直到你。

身体延伸
直到死。
我延伸
直到无。

创作时间：一九九五年

我

妈妈临产的呻吟中
百花花瓣飘然落地
我降生的啼哭中
千种花蕾欣然绽放
世界不曾因我的降生
增添分量
但我无疑是一个加数
我是
天与地的孩子
回忆与明天的链条
歌声与泪水的河床
生死间的存在
光和影的整体
磨尽自己
终归锋利对方的
青色磨刀石的碎块
我是
原地循环的昼夜
围绕太阳旋转的
大地君主

怀抱我而裂开的大地伤口
被太阳金丝缝合的时候
我是减数

创作时间：一九七九年

梦中戈壁

胡杨绿荫下驼羔嘶鸣
铜锅鲜乳上月儿飘荡
连绵的山冈上云朵游弋
清晰的梦里阿妈回来了

大漠青天，落入戈壁苍茫
母驼暖鸣，飞进幼驼心房
东边芦苇荡间黄鸭鸣叫
苍茫的梦中阿妈回来了

创作时间：一九七九年

圆舞曲

——致妻子

在你头顶上
散落为细雨
在你步履间
绽放为花朵
我挚爱的心
围绕着你

在你枕头下
化为潜入的月亮
在你额头上
化为升腾的太阳
我挚爱的心
围绕着你

从你唇齿间
化为歌声弥漫
从山峦的绒麓
化为回声传归

我挚爱的心
围绕着你

从流逝的岁月
作为回忆相随
从你向往的方向
作为未来迎接
我挚爱的心
围绕着你

创作时间：一九七九年

潺潺流水声中忧伤的……

潺潺流水声中忧伤的
堤岸高高的河湾
受折磨的水，像是挨揍的孩子
泪眼汪汪
偶尔有一条鱼儿跳跃着
画个圈圈狡黠地隐去
像是撕开了天
懊悔地久久不再露出水面

创作时间：二〇一〇年

安魂曲

——献给慈母

我采集了鲜花
想铺在
您雪白的脚踝下
从使您心情舒畅的绿野上
赐万物以清爽的云影下
我不在时
也能听到我歌声的
纵情流淌的溪水边
采集了鲜花。
我流着泪
采集了花朵
采集了悲戚之泪水
滴落的
每一朵花。
想要给您铺开鲜花
莫说一个夏季的花朵啊
一个世纪的花朵也不够。
我美丽的额吉啊

鬓角还无一丝白发的母亲！
我哭您
消逝在
尘世间真与永恒的
夜晚之间。
我哭您
消失在
星星飞逝的
死亡风暴中。
我欣慰
您融入了千万种植物的根
迎着朝阳生长。
我欣慰
您化作静静的黎明纤尘不染的启明星
闪烁在所有起始之前。
额吉啊
您是诀别的化石之音
您是冷凝的乳汁之热
额吉啊
我是您生命的延续。

创作时间：一九七一年

取舍

“祖国啊
当你向我讨债时
时刻准备着献出生命”
——拉·卡姆扎托夫

从秋鸟的啼鸣中
撷取忧伤的幸福
从宴席的歌声中
撷取享乐的痛苦。
从爱与被爱的痛苦中
撷取思念的幸福
从马头琴的两根弦中
撷取旋律的痛苦。
从河流的石头上
撷取消损的幸福
从山峦的峻峭处
撷取拒绝的痛苦。
还之所有的撷取
我将自己回赎

世界和我之间
取与舍相等。

创作时间：一九八二年

幻影

一

如果有人想念我
定会叫我想起他。
如果我想念他人
定会让他想起我。

冥冥中的征兆，暗示着
我们之间的“真”。
当辜负暗示，你我之间
出现裂痕
空的“有”和“无”
从它的裂缝中
各自流淌……

二

冲破形态的蓝色幻影
干枯的河流
横亘的屏障。

你我之间有幻影
意味着相距遥远
苦闷而落的泪水
蒸发
让你伤心的话语
发焦
你我之间
幻影在流淌。
你我之间
交汇的心　衍成幻影
疏远的距离如同思念
与磨刀石疯狂较量的利刃一般
蓝色幻影
试图切割命运的内脏
隔绝了你我
在流淌。
从它的两边
你我撕扯着远去的记忆
在燃烧
我们从幻影的两边
向着路
走去。
幻影在流淌。

创作时间：一九九一年

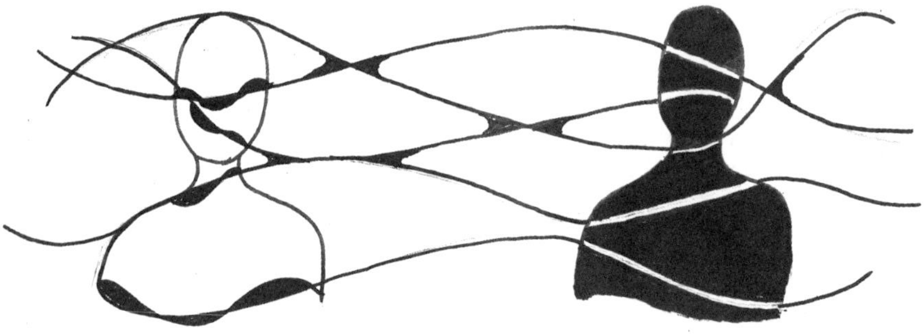

夏天

羡慕花朵和太阳
七月草原上
声音干渴

创作时间：不详

无尽之诗

西落
东升的
　　太阳无尽……

睡时为梦
醒时为念的
　　赤心无尽……

期盼而失落
抵达而消失的
　　愿望无尽……

幸福并痛苦着
痛苦并幸福的
　　命运无尽……

生而死
死而生的
　　轮回无尽……

创作时间：一九八八年

光与影对话

影子说
世间存在的一切
皆是你和我……
存在是你
虚幻是我

光说
你的存在因我而起……
为了你的存在
我在燃烧

运动
（昏暗 ——
从光与影的缝隙窥探彼此）
模糊的声音钻入寂静

影子说
随着形状——我形成
随着斜面——水流淌

光说
在石头和花朵上
我描绘你
其实影子你啊
在我的掌控之中……

运动
傲慢啃噬着敦朴
远处有群狗争抢骨头

影子说
你失去光明绊绳上的人
被阴路夺去
我紧随着
融入漆黑之内脏而逝

流淌在地面上
狡辩必定之路

光说
非也非也
你自逝者足印留下
等候来者
去往母亲的子宫……

影子说
当我倒在
无常面前……

一切灭亡的
黑色枕头

光说
斑斓的环宇
如同手心手背两面
为何用冷与热的本质
言说种种，权衡着真

运动
(风儿徐徐吹拂
轻的一切在摇摆
没了自我意志
不知要与谁聚集)

影子说
炎热从自身——酝酿寒冷
白色从自身——酝酿黑色
存乎一体
各自命名而立
歌唱光高唤光的
我冒失的声音是路的回声

光说
非也非也
你是磕掉我颜色的蹄子

影子说

我跟随除了自己灵魂之外的所有
影子像光一样永恒

众生间的你我
相间并存又何妨
眼珠的黑白效仿着你我……
罪孽与福祉效仿着你我……

旁白
（让人们以各自的心愿索取
光与影相掺杂
人们被覆灭的意志驱使
收集着影子……）

创作时间：不详

红颜

你降临的声音惊动山梁的
那日晨阳
消融在你的脸颊
我的红颜佳人
太阳是否从你的左脸升起
辗转到你的右脸降落
你那安详的眼神实在迷人
长长的睫毛犹如美丽的黑斑蝴蝶
在罪恶的牙齿未及的苹果上忽闪。
每当凝视你的脸
眼睛会升温。
每当远离你
梦里都是你。
你绯红的脸颊真美丽
被我内心飞出的歌声
陶醉的褐斑小鹿
迷失在心灵的浓雾中。

你已拥有相携一生的伴侣
不能在你脸颊的红韵中

不能与你相伴人生又如何！
即使在世事苍茫中擦肩而过
即使此生不再相遇
只要能在梦中相见就足矣！

创作时间：一九八〇年

浪

墨绿色的浪
用泡沫的齿啃着岸……

墨绿色的浪
用泡沫的齿啃着岸……
失明的水
摸索着细数岸边的石头……

墨绿色的浪
用泡沫的齿啃着岸……
失明的水
摸索着细数岸边的石头……
席卷岸上的死鱼骨
抚平胸腔翻滚的气流。
浪，好似敏感的心
无声无息
卷走岸边的黑影。

浪，好似敏感的心
无声无息

卷走岸边的黑影。
不觉
与大地的光影一样
永恒的凡世苦涩
吞咽着细沙。

不觉
与大地的光影一样
永恒的凡世苦涩
吞咽着细沙。

创作时间：一九八四年

大声讲出真话时……

大声讲出真话时
听到假

大声说出假话时
听见真

低语真话时
听到的是真

低语假话时
什么都听不见

创作时间：一九七九年

皇帝

皇帝
身盖绫罗入眠
稍稍一动时
死亡的预兆掀开其被
寻其性命

乞丐
身披苍天入睡
稍稍一动时
自由钻进其“被”
抚摸其身

创作时间：二〇〇四年

罗曼思

细数着野草想念你
声声叹息填满草原
愈是想念　愈不见美丽的你
不见你！
我喜欢在想你的幸福中沉浸
不见你！
我等待姗姗来迟的喜悦

想你的时候心儿真无望
声声叹息充盈戈壁
愈是想念　愈不见美丽的你
每次见面都是头一回啊
所以不见你！
每次见面都是最后一次
所以不见你！

你的眼睛
分别之夜有星星
你的眼睛
相见之日有太阳

你的心儿
想念的时候满是我的心
我的心儿
想念的时候满是你的心

创作时间：不详

我相信……

我相信
星间的空白里
有星星
轮回的困苦间
有幸福

我如此天真地相信
或许因为风雨后有彩虹
我如此天真地相信
或许因为黑暗后有光明

我如此天真地相信
或许因为嚎啕后笑容很近
我如此天真地相信
或许因为狂笑后眼泪很近

创作时间：一九九八年

寂静

弯弯如钩的新月
在我的头顶
星星散落的湖水
在我的身旁。
吞没声息的寂静
在我周围
连鸳鸯也不鸣叫
悄然无声。
我若轻轻一动
野草都要呻吟
话语出口变回声
雾层仿佛要裂开
擦燃火柴也会惊动
四周的一片寂静
想要书写诗句
闻见自己的呼吸。
　　最起码……
　　最起码……
　　最起码……

创作时间：不详

花丛中……

花丛中
我曾遗忘石头
现在想想才明白
原来石头柔软，花朵
坚硬

创作时间：不详

鸟儿用羽毛哭泣

无乳汁的鸟妈妈
担心雏鸟从高空跌下
用细细的毛丝
系紧雏鸟们纤细的脚

悬崖上熟悉的鸟巢里
纵使有云朵和星星作伴
依然寂寞的一只小鸟
单翅勉强展开就急于飞翔

鸟妈妈外出觅食的空暇
雏鸟们在飞翔的梦中粉身碎骨
鸟妈妈在鸟巢上空
撕心裂肺　用羽毛哭泣

创作时间：不详

忘了

我嫉妒风
无论何地都吹着自由的口哨。
　　却忘了风会消瘦……

我嫉妒水
不管向何方任意流淌。
　　却忘了水会枯竭……

我嫉妒回声
传扬至很远很远。
　　却忘了它又会回来……

我嫉妒彩虹
刹那间连接两际。
　　却忘了它是空的……

十五的月亮升起时
我嫉妒它的明亮。
　　却忘了它会被云玷污……

创作时间：二〇〇五年

当我死去……

当我死去——
人们将我遗忘时
用影子撕开光
请到我坟前来吧
我的亡灵认得你

一切都忘了我
唯有你没有忘记
笼罩的雾霭感激你
绊脚的石头感激你

诀别中茫然的青草
疼痛着感激你
跪在身旁的山脉
起身感激你

我的骸骨会聚集
发出最后一次
呐喊
“爱过啊，真的爱过”

创作时间：不详

夜晚

天上住不下
宿营在湖里的星星
鸟飞时　旋起

创作时间：不详

圆滑的诗

一

等我很苦……
也许不会来……
见我很麻烦……
也许不离开……

二

为何要骗我
看看我多真……
为何要信我
看看我多假……

三

我怕爱上聪明女孩
怕她不会爱我……
我怕爱上傻姑娘
怕自己不会爱上她……

创作时间：二〇〇九年

让你猜忌的美

在你燃烧的爱恋里
抛下谜语般的“黑点”
无愧　却让你猜忌着
慢慢“澄清”自己的日子　真美

你盯着我不堪“虐待”的双眼
用燕子般的眼神
期待着　无可奈何
常常叹息的模样　真美

你的眼神像剪碎罪孽的
三角刀　闪着冷光
泪雨潮湿了细语声声
“怎能这样”的烦恼　真美

所有的结儿被解开
你嗔怪着　呢喃着
灼热的气息紧贴我胸怀
泪流满面的模样　真美

从你猜忌的眼神里
我深知自己属于你
无论多深的恋情
任凭谁也无法代替

莫说是被猜中的“谎言”
除了死亡
不会把我交给任何人的爱人啊
让你不时或偶尔　猜忌着
那是多么美

创作时间：不详

生与死的对话（节选）

一

死者
请你不要哼唱摇篮曲
每当听到温情的韵律
无论从天堂还是地狱
我都会逃出来寻求重生

请你哭泣吧
你越是哭泣
我睡得越死　不会
有一丝惊醒
我会愈来愈习惯
适逢其时的死亡

二

循环
（泪水的苦雨里
山　淋透了

草甸上的寂静中
水和草在吵架
想从非永恒的泥潭
救出永生之典
蚂蚁们在奔波)

创作时间：不详

速写

我尊贵的夫人
我已撕掉
你写给我的……
充满欢笑与泪水的
信笺……
憎恨自己野性而真挚的爱
真想飞到空旷的天上……
还是没有啊……
像死鸟的羽毛
飘落在大地……
那里没有半句
真言……

创作时间：不详

望着山……

望着山　嫉妒
它的永恒
想到它的风蚀
就不再遗憾
非永恒

看着石　嫉妒
它的永恒
见到它的裂痕
就不再遗憾
非永恒

看着水　嫉妒
它的永恒
想到它终有一竭
就不再遗憾
非永恒

想到长短高低的世界里

原本毫无永恒之物
感到“满足”

创作时间：一九九三年

天知自己的错

险些用暴风吹走……
继而又以太阳抚慰
天知道自己的错。

尽管失误悔恨多少回……
仍会重蹈覆辙。
人不知自己的过错。

创作时间：二〇一一年

想念的步伐

与心爱的你分别后
迈出的第一步就是想念……
金黄的落叶在脚下呢喃
想念你啊！想念你
远处隐约的山脉在闪念
要见到你啊！要见到你
时时凝望的时候
仿佛看到你伫立的身影
身影消失的时候
仿佛看见你忽闪的眼睛
反复思念的时候
懊悔自己亲吻你太少
每每想起的时候
懊悔自己宠爱你太少
金黄的落叶在脚下呢喃
想念你啊！想念你
远处隐约的山脉在闪念
要见到你啊！要见到你
与心爱的你诀别时
最后一步还是想念……

创作时间：不详

以自己的方式

截然相反
我也以自己的方式
迷恋或厌烦
我也以自己的方式
痛苦和挣扎
我也以自己的方式
放肆无羁
我也以自己的方式
清醒或犯傻
我也以自己的方式
歌唱或哭泣
我也以自己的方式
面对赞扬与指责
我也以自己的方式
只有进入棺材时
我以“别人的”方式

创作时间：一九九〇年

从子弹下勉强夺回……

从子弹下勉强夺回
脑袋
想起自己还有尾巴
就忘了
枪

狐狸啊……

创作时间：不详

天上成群的飞燕……

天上成群的飞燕
彼此追逐着
撒娇
仿佛除了它们
没有其他生灵
向天空
撒娇
然后衔起嫩草
向大地
撒娇

创作时间：不详

无题

她……
琴瑟传音

流浪的曲子
寻觅我
望眼欲穿你的
眼

创作时间：不详

离去时

离去时
你忘了关门……
所有的一切
从敞开的门
　　随你而去。

创作时间：不详

预兆

空旷的天上
飘来孤云
花朵　在风中吟唱

创作时间：不详

当一个人离开世界时……

当一个人离开世界时
即使有一颗星星陨落
天上不会缺少我一个

当一朵花凋落的时候
即使听见悲戚的声音
大地不会缺少我一个

春天萌动的森林
秋天温暖的太阳
不会缺少我一个

那达慕后荒秃的草甸
我出生时惊恐的山峦
不会缺少我一个

祖国拥有千千万万
像我一样平凡的儿子。
祖国却是我生命的唯一。

创作时间：一九八九年

月亮将我染成白色……

——《红满月》节选

月亮将我
染成白色
太阳把我
染成金黄
我要寄给你们颜色……
然而　你们不缺颜色
缺少的是真

安宁
永恒的安宁
得到时多么可贵
我拥有的安宁
比活着
还要珍贵

创作时间：不详

那就是说……

栽下不久的树上
如有小鸟飞落……
那就是说它已成树……

被疼痛折磨的女人
如果开始涂脂抹粉照镜子
那就是说她已痊愈……

青青的云朵聚集成乌云
满地的花儿轻轻摇曳
那就是说天要下雨……

收回夺眶而出的泪水
若不再与我分享你的痛苦
那就是说你已把我厌倦……

创作时间：二〇〇四年

孤独的鸳鸯

失伴的鸳鸯在哀鸣。
荡来它远处的声音
水波亦凄凄。
哀鸣着
哀鸣着
哀鸣着……
只在心里哀鸣。
寻觅着伴侣在哀鸣
水中央哀鸣着
心中哀鸣着。
去年这里
曾经结伴同游。
湖水岸边
曾经相伴相携。
今年依旧成双对
相伴的只有影子
孤独的鸳鸯在哀鸣。
哀鸣着
哀鸣着
哀鸣着……

创作时间：一九九二年

乌拉哈的白色芦苇

乌拉哈的白色芦苇
蹒跚摇曳
吟唱无人知晓的
秋日歌谣

无际的白色芦苇
随风摇摆
向大地母亲
虔诚叩首

随和的白色芦苇
不安摇晃
想起父母双亲
肝肠寸断

创作时间：一九九九年

记忆的证据

“我记得，你儿时的模样
你的伴侣记得，你出嫁后的模样”
——摘自笔记

你梳着两条大辫子的可爱模样
印在清澈见底的溪水波面
只有　我认得

你让人难以忘怀的清脆声音
回荡在崎岖的山间
只有　我听得见

五彩斑斓的卵石上
有你纤手的掌纹
只有　我的手摸得到

蒿草丛中那粉色的百里香
微风中会散发你的芳香
只有　我能感觉到

你成了别人贤惠的妻子

邻里百里都知道
只有我不相信……

创作时间：一九九二年

山麓与山峰

山麓与山峰
彼此很遥远
不相遇的远
不谋面的远
虽然离太阳近
山峰却寒冷。
虽然距太阳远
山麓却温暖。
头顶太阳的山峰
将一束束光芒洒向山麓。
宁静的山麓充满阳光
敞开满怀的花朵献给山峰。
被山峰撕碎的云朵
在山麓的石头上哭泣。
从山麓升腾的雾霭
在山峰的肩头凝集。
逆山麓而上是山峰
顺山峰而下是山麓
缠着根的山麓
绕着云的山峰

像看见和感知的距离一样远。
真的很远。
好在它们
绽放的花朵是孪生的
呼吸的韵律是相同的
消损的身躯是同一个。
犹如袍衣的领与襟
斑斓世界的高与低
这首诗歌的开端与结束。

创作时间：一九八三年

你洒落的泪水……

你洒落的泪水
跌撞衣襟是假的
只会刺痛我
怜惜你的心

流在我枕边的泪
浸湿枕头是假的
淋湿深爱你的我
也浸透我的梦

你滑落的泪水
划过你的脸颊是假的
那锋芒却划过我
默默而滚烫的心

你泉涌的泪水
浸透你自己是假的
那泪痕却印在我
挚爱你的心上

创作时间：不详

变幻

——《游戏与死亡的交响》节选

眼泪在那里
雨一样散落
白骨在那里
雪一般飘浮

忘却的雾霭
漫天飞扬
赞扬的帽子
无主地纷飞

得与失
全部被昭雪
寂静之帝
踩踏着虚无

解脱的灵魂
游荡尘世间

创作时间：不详

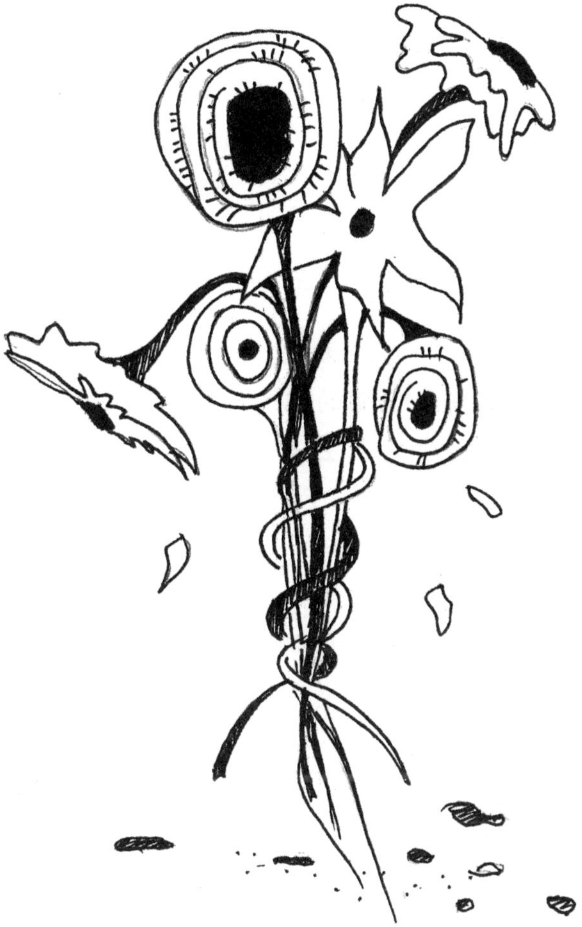

女王花

——致奥·额格希格楞

身旁有人哭泣时
闭合花瓣的温柔花
随之伤感哽咽的
东方神韵的女王花

身旁有人喜悦时
欣喜绽放如绢花瓣
快乐浸透到细胞的
慈母心怀的女王花

沉醉完美的命运预兆
悠悠而生的柔弱花
伴随心的忧伤和欢笑
多愁善感的女王花

创作时间：不详

你在山边说爱我……

你在山边说爱我
每一块岩石都听得见
你炽热的话语
若你违背誓言
与你音韵相连的山石
以面对利剑时坚硬的性情
以面对抚慰时柔和的秉性
会烙下深深的裂痕！

你在水边说爱我
轻声呢喃着吻了我
旺门家族的女儿啊
如你背弃誓言
江河流不到大海
断流途中。
流星光顾的山中
如果有谁食言
世界会忧伤无限。

创作时间：不详

请将恼怒的利剑收回鞘……

请将恼怒的利剑收回鞘
宽恕我吧！宽恕我！
以你善良如乳汁的情怀
宽恕我吧！宽恕我！
即使山石滚落
也视作它停滞在山麓而宽恕吧！
即使水流凝结
也视作它畅然于草原而宽恕吧！
闭上你泪水滚落的双眸
怀想自己在我身旁吧！
睁开你利剑般的眼睛
凝视我悔恨不已的模样！
请不要宣判分离的判决
不要刺穿我炽热的心扉！

创作时间：不详

伴侣

罪孽与福祉
刀刃般的夹缝中
眼睛遇到眼睛
彼此身心交融

太阳与月亮
升与落的针眼里
话语认出话语
编织漫漫人生

天空与大地
赐予生命的空间
日子找到日子
组成一个家

燃烧与熄灭
碎片似的刹那
拾来柴火和阿日嘎勒[1]
点旺了灶火

---

① 阿日嘎勒：蒙古语，干牛粪，蒙古人用于取火。

封锁相会与离别
必将交汇的关卡
延续生命的子嗣
降生在我们的家

你是我阳刚情怀里
星星闪耀的天
你是我极度爱恋里
走火入魔的天
温度与光亮
火苗窜动的天
有着慈母情怀
恩情满怀的天
你是我的伴侣……

创作时间：不详

春天

最初的蝶闯入蒙古包
撞击坚实的哈那①
蓝天在外　等待飞翔。

最初的翁草劝慰坚硬
挪开石头生长
山羊在旁　等待啃食。

创作时间：一九八〇年

① 哈那：蒙古语，蒙古包毡壁的支架。

山中初雪……

山中初雪
曾经……
是归鸟的羽毛。

水上浮叶
曾经……
是倦阳的碎片。

降临我心中的忧伤
曾经……
是你相伴他人的身影。

滴落你身上的雨珠
曾经……
是我流下的眼泪……

创作时间：一九九四年

水里很热……[1]

——《红满月》节选

水里很热
山脉时而进来取暖……
它们说　人间
冰凉……
水下珍贝
警惕地望着我……
它们问　你是否也厌倦
山脉发寒的人间
我沉默……
我把话音落在你身旁……
我无泪
我把泪水流尽你身旁……
山脉愤怒
山峰将我高举
扔进水里
我的头脑
忘却自己。

创作时间：不详

---

① 节选诗。译者命题。

我曾经爱过她……[1]

——《红满月》节选

我曾经爱过她……
从她无邪的眼睛里
我总能看见我自己
在她满是我的双眸里
太阳都没有停留的空隙
她就是太阳……
不分昼夜
在我心中升息
与心爱的她相比
就算日后的至尊宝座
也如同陈棺腐椁毫无价值
在独一无二的她面前
我的灵魂
显得那么多余
在她的睿智里
逝者可取暖……

① 节选诗。译者命题。

在她的温柔里
利剑可收刃……

创作时间：不详

因为你的脚步未及……[①]

——《红满月》节选

因为你的脚步未及
今夏的花朵黯然无色
因为你的眼光未及
今夜的星辰朦胧暗淡

自从你不再哭泣
痛苦失去了滋味
自从你不再欢笑
风儿失去了韵律

自从你我营造的爱变得空空
昏暗心海涌动的
不是血液　而是离伤调和的
苦涩泪水
替代我的血液
在疼痛中循环

创作时间：不详

---

① 节选诗。译者命题。

无声无息……[1]

——《红满月》节选

无声无息
影子
吃掉影子……
我把影子遗忘在皇宫。
你们啃着我的影子
应该是饱的。
我在水里
紧随鱼群飞翔
无缝隙的蓝色逼迫着我
地面上犬狗争雄时
鱼儿们哗然
只有这里才平安
巨大的祥和
虽然大鱼吃小鱼
但决不将骸骨抛向岸边
你凭着声息

---

① 节选诗。译者命题。

向我走来
随着声息归去。

创作时间：不详

春月升起时，阿妈在等待

大地听到
鸿雁鸣唱时
春草萌动。
阿妈走出蒙古包
撩开雾霭
把我眺望。
阿妈的眼睛抚慰
分合擦肩而过的
天涯路。

始终不出现儿子身影
路
折磨着阿妈的心。
看到远方青山
冷漠的表情
伤心地回家。
失望的阿妈鼓励着自己
熬着清香四溢的奶茶。
心里暗暗祈愿
“茶凉之前孩儿必定回家”。

“在我走神儿的空当
孩儿会不会已走进毡房”
阿妈心中一闪念
满屋找寻孩儿的身影。
鸳鸯鸣唱时
为湖水喜悦而开怀
青草发芽时
为原野喜悦而开怀
无常的春风中
阿妈常常在外眺望
寒夜的星空下
她的梦也向外张望。

创作时间：一九七九年

撕杀

光与影的悬崖边
野狼和家犬
你死我活
欲分高低

已无声息的生死间
欲酿出鲜红色
死亡的磨刀石
磨砺着拼杀的牙齿

血腥的白齿间
两条生命在回旋
争夺最后的呼吸
一决雌雄

乌鸦在高空盘旋
欲啄食败亡者的眼睛

创作时间：一九八九年

水能浇灭火是假……[1]

——《红满月》节选

水能浇灭火是假……
火愈旺我愈燃烧
焚烧着
假。
我将没有
可焚烧的假……
人世间
因为假太常见
请给我添加柴火
你不在
太阳亦不在
天子在胎中发冷。
真理在我身旁
不言不语
隐藏在看不见的地方。

---

① 节选诗。译者命题。

我不会把真理让给你们
因为你们不需要
真理。

创作时间：不详

祖先的家园

闻雁声而哭泣的
低矮山脉
火热胸膛里流淌的
温婉河流
　　祖先的家园啊，孩儿要远行
　　待到春天，孩儿会回来
　　孩儿会回来

鹅黄草儿摇曳的
秋色如波的原野
望眼欲穿等待的
娇小尤怜的额吉
　　祖先的家园啊，孩儿要远行
　　待茶四溢，孩儿会回来
　　孩儿会回来
火撑里怒放的
苏勒德火
历史幻景中沉淀的
茫茫故土
　　祖先的家园啊，孩儿要远行

就算他乡是天堂，我也会归来
你的孩子，不会驻足那里

创作时间：一九八九年

画中鸟

古刹飞檐下
鸟对着鸟鸣叫
嘴儿紧贴嘴儿
鸟为鸟歌唱

飞鸟衔着青虫
送给画中鸟
见它不理不睬
伤感满心怀

听闻其他鸟的鸣唱
误以为画中鸟呢喃
紧贴冰凉的它
终日倾诉衷肠

轻啄它的翅膀
细语邀约它
想在银色天宇
与它齐飞翔

无动于衷的表情
总令画外鸟感伤
拔落羽毛作泪花
星夜陪伴到黎明

梦里比翼的幸福
温存着画中色彩
清晨从美梦中醒来
依然是孤单的自己

融化在周遭的美景
画外鸟在飞翔，飞翔
徘徊在古刹上空
流连无始无终的爱恋

心中只有画中鸟的影
幸福感伤全部为了它
衔来彩虹的色彩给它
带来森林的清新给它

从太阳的花园
采一束温暖给它
从拂晓的草尖
带一些露珠给它

衔来细泥和干草
忙忙碌碌筑爱巢
幻想着画中鸟

给它传宗接代

化不开的忧伤里
飞翔渐觉无力
感叹满天的飞鸟
都不如它的美

凝视着它，爱不够
倾诉着，声嘶哑
抚摸着它，羽滥衫
飞翔着，渐渐冷

当金叶铺满山峦
当离愁弥漫林间
轻雾潮湿的空气
撕裂画中鸟一半

守着画的一半
守候缘的圆满
忘记天空忘记羽翼
整个冬天别绪无限

春天暴风雪来临
卷走画中鸟余半
忏悔声填满空隙
整个春天满是悲伤

穿越太阳飞到最高点

合拢羽翼落向坚硬处
仿佛秋天母驼的鬃毛
坠落大地飞羽满天……

无云的空中鸟儿鸣叫
无视死亡的尘世漠然……
清晨和夜晚无暇过问
流逝的岁月无意悲怜！

创作时间：一九八二年

你和我

你说我们保持一定距离吧！
亲爱的，那我们就化作山脉吧。
化作遥遥相望的两座山吧。
琼宇蓝色的风
让山峰清爽。
生活美好的感应
让麓石温润。
你和我
化作云影也玷污不了其顶的
旗锋般的山脉吧！
化作抛掷星斗满天嬉戏的
心灵咫尺却相隔天涯的山脉吧！
温暖的晨阳东升时
你的影子会照在我身上。
流连的夕阳西沉时
我的影子会投在你身上。

你说我们还是不要见面吧！
亲爱的，那我们就化作江河吧。
化作山间汹涌奔腾的河流吧。

你和我
化作依原野平静
遇砾石呼啸的河流吧。
化作水面上粉碎日月嬉戏的
朝思暮想却永不相见的江河吧！
你和我
就像两条河流上升腾的雾霭
化作云朵在天空绽放。
化作忧伤喜悦都会流下的两行泪
在干涸的草原上化作细雨散落吧。

创作时间：一九七六年

冷泉

整日吮吸着太阳
却是刺牙的
冷
整夜漂洗着月亮
却是漆漆的
黑

冷泉
是大地的细雨。

饮水的马胸下
荡起一圈圈柔波
带着阳光的碎屑
向湖泊蔓延。

不因雨水而暴洪
不因阳光而枯竭
冷泉
是永恒之泉。
马轻轻抖落鬃毛时

惊慌的冷泉
俯瞰的灌木枝叶微颤时
心疼的冷泉。

过于敏感的
冷泉之水
穿越了我男儿的体魄
变了颜色
在流淌。

冷泉
是大地的细语。

创作时间：一九七九年

向往之潭

向往之潭
像豹子转动的眼珠
发着绿光
渴望　越发深刻
渴盼生活和爱　然而
泪水沉沦
欢笑如萍
期盼荣誉和功名　然而
顶冠漂浮
星星沉落

向往之潭
没有岸……
也不见倒影婆娑的树……
向往之潭
逆时回旋
向往之潭
顺时回旋
向往之潭中
太阳回旋

向往之潭中
岁月轮回
骨骸沉没

创作时间：一九八〇年

疲惫的森林入眠的瞬间……

疲惫的森林入眠的瞬间。
一条树枝顿然断落。
森林像没睡足的孩子
追赶着噩梦在摇曳。

夜晚来临星星散落。
森林上空弥漫着昏暗。
星星轻盈地回旋
光亮忽明忽暗。

无垠的天空中
闪烁着无言的星星。
仿佛要拜访对方而忙碌
两三颗星辰
在滑落。

心生怜惜的群星
不敢散落
树枝断落的
空间。

创作时间：一九八九年

三行短诗（组诗）

＊＊＊

不想让风触（碰）忧伤
柳树将枝条蘸入水中。
青蛙在柳荫歌唱。

＊＊＊

黎明时分梦逃逸。
她怕醒后
被想起……

＊＊＊

喜马拉雅的风中
塔罗尼飞扬
那个风中吞噬性命的雪在崩塌。

＊＊＊

以身丈量大地的朝圣者
将心擦亮成磨刀石
锋利了安宁。

＊＊＊

绵绵秋雨散去
雾霭溯向山坡
在我折断的花枝上受了伤。

＊＊＊

佛，给母亲送水的路途
绊倒在别人的痛苦上
水溅一地，碎雨飘洒。

＊＊＊

乌云呜咽着，愈发的浓
比乌云还黑的——鸦群纷飞
黑黑的乌云飘落白白的雪。

＊＊＊

雪春马瘦
像是剪纸马
风中飞。

创作时间：不详

秋天的湖水里怎可投下石子

湖水与雾霭相互交融
候鸟与水波一起喧腾
月光也容不进其中的
难舍难分之际
以孩童时的淘气
投石于美丽的湖中！
惊恐的候鸟
不敢再降落湖心
慌乱中忘了排列长行。
难以承受忧伤
连拖在地上的影子
都飞得摇摇晃晃。
是否
想在远行之前
接连聚会三宿？
是否
想在母亲湖边
鸣啼徘徊三回？
是否
祈盼遇难的同伴

南行前生还？
是否
没有尝够这湖水
也体恤着它的挂念？
天真无邪的我
投石秋天的湖水
并不愧对每只鸟
但我绝对愧歉
来年春季想来这里
却不敢来的那些鸟。

创作时间：一九八〇年

切齿的牙……

切齿的牙
容不下别人
咬到脱臼的较真中
牙齿磕坏牙齿……

仇视的心
容不下别人
只是自己持着刀
细胞吃掉细胞……

嫉妒的心
容不下别人
燃烧的妒忌
自己焚烧自己。
用其灰烬
填补本真的窟窿。

创作时间：一九九四年

百流之石

传说在耳畔细语：
孩子啊，你可知道？
燕子啄来百流之石
铸造自己的暖巢
它衔来
岸影中微寒的石粒
水流中消损的碎石
风的拍打中凝固山崖的石子
阳光烧灼下开裂纷飞的石子
它衔来
风情万种的石子
千姿百态的石子
远近不同的百种石子
爱恨不同的百种石子
修筑爱的暖巢

传说在耳畔细语：
孩子啊，你可知道？
为了幼鸟舒适的巢
金丝燕子衔石奔波

怀中温暖冰冷的石子
嘴里润滑尖硬的石子
采集的这些石子
不是石头啊，而是心。

传说在耳畔细语：
孩子啊，你可知道？
母燕片刻飞离时
百流之石守护着幼燕
聚为一体的百流之石
百般惦念着羽翼丰满的鸟儿
飞走的燕子们
却轻易淡忘
它的巢它的母亲

传说在哽咽
不再言语。

创作时间：一九八一年

此时家乡一定很美

山依偎着山
一定很美……
水抚慰着岸
一定很美……

柔柔的清风戏弄着花朵
一定很美……
悠悠的远方幻景中朦胧
一定很美……

露珠打湿脚面，向天飞溅
一定很美……
树林撑不起果子，倒向大地
一定很美……

水鸟鸣叫着舍不得归去
一定很美……
长歌宽慰着痛苦与幸福
一定很美……

话语不与真分离
一定很美……
门前有太阳跪拜
一定很美……

创作时间：二〇一一年

你

你是飘落水面的
云朵的画面……
双唇触及会撕裂。

你是昨夜降临的
裸露的美梦……
惊醒时已消逝。

你是扰乱慧心的
自由的清风……
黎明不在身旁。

创作时间：二〇一一年

"我"和"你"诗九段

我是山啊
你在我的山坡上
作为伴侣
果实累累……

我是水啊
你在我的岸上
俯下身子
清洗了影子……

我是草原啊
你在我的幻景里
缠缠绵绵
感受了虚伪……

我是石头啊
你在我的棱角上
划伤了身子
懂得了无情……

我是树啊
你在我的避风处
躲藏
逃过了灾难……

我是风啊
你在我起风暴时
隐忍着
锋利了自己……

我是夜晚啊
你在我的黑暗中
闪着闪着
最先闪耀了光芒……

我是黎明啊
你在我拂晓时
惊飞了梦
笑着醒来……

我是阿日嘎勒啊
你在我身旁
下跪
点燃了我。

创作时间：二〇〇四年

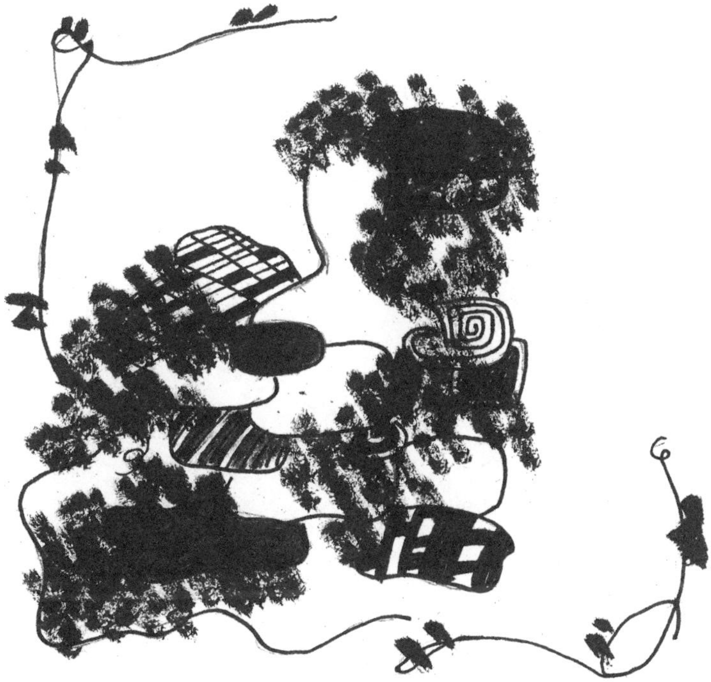

劝慰

——我死去的日子即是我的生日……

横亘苍茫的
远山彩虹
劝慰宽广。

每日清晨
向西奔驰的太阳
劝慰不灭。

流连旷野逃避尘世的
苍白的下弦月
劝慰哀痛。

飘飘游弋的
无雨的白云
劝慰哭泣。

跟每一块石头一起歌唱的
山溪

劝慰韵律。

收起声音默不作声的
寂静
劝慰死亡。

创作时间：二〇〇八年

我的情人

你微笑的背后
没有影子……
你信任的背后
没有假……
你眨眼的背后
没有风……
你多疑的背后
没有虚假……
我的情人
你性格的背后
没有污点……
你窥探的背后
没有恶意……
你柔情蜜意的背后
没有作秀……
我过错的背后
没有宽恕……
我的情人

创作时间：二〇一二年

思念情人

看见山
仿佛她在雾霭中
哭泣。

看见水
仿佛她在水面上
微笑。

不想思念她！
却总是想起她。
却总是想起她。
想得不知所措。
情人

闭上眼睛
仿佛她生长在脑海里
伫立。

张开手掌
仿佛她随着掌心纹路

清晰。

不想怀念她！
却总是想起她。
却总是想起她。
想要捉住她。
情人

黑夜里
无论望向何方
仿佛都有她在发光。

千里迢迢
无论去往何处
仿佛都有她在相随。

不想牵挂她！
却总是想起她。
却总是想起她。
难以停止地牵挂。
情人

创作时间：二〇一〇年

想要久久地待在这个世界上

——总是想，爱发愁的人是会长寿的……

这里有……
用其光针扎我身子的星辰。
我不想痊愈，我愿受其折磨。
想要久久地待在这里。

这里有……
铅黑斑驳的，阴冷的月亮。
想与其光缠绵，放纵我的忧伤。
想要久久地待在这里。

这里有……
峰巅让天空凹去的山。
所谓的真即如是，我想在其山石上绊倒。
想要久久地待在这里。

这里有……
连云朵的污垢都被洗涤的水。
我想坐在这里，洗濯我的心灵。

想要久久地待在这里。

这里有……
既可抚慰又可撕碎的蓝颜风儿。
干枯着，让它将我的身体吹到脱絮。
想要久久地待在这里。

这里有……
从摇篮唱到死亡的
深情长调。
想听它听到心疼
想听它听到哭成泪人。
想要久久地待在这里。

这里有……
炙热的金黄色太阳。
我想用它点亮我
有着过失又累赘的身子。
想要久久地待在这里。

这里……
自始至终都是假的。
我想让自己脆弱的心
直至哽咽，在被欺骗中了结。
想要久久地待在这里。

这里……
有我的命运多舛

有我没做好她儿子的罪过。
也许不会再回到我的蒙古降生。
想要久久地待在这里。

创作时间：二〇一〇年

我会回来

为了来
才要走
我会回来……

为了每一个韵律都比泪水大的
长调的苦雨中
淋湿
我会回来……

为了受尽苦难，品尝些许幸福
为了成为人们的眼中钉
从自己内部消损
我会回来……

为了被比起思念，遗忘更甚的
比回声还愚蠢的世界
遗忘
我会回来……

为了在说是自由却是假的

人道主义的“牢底”
做囚犯
我会回来……

为了成为
污染后混入纯洁的
黯淡之后再醒目的
人质
我会回来……

为了来
才要走
我会回来……

为了成为向世界“借宿之人”
我会回来……
为了再度死亡
我会回来……

创作时间：二〇一二年

成为圆满之诗

——致我挚爱的两个女儿索龙嘎和拉毛

有着斑驳石头的山丘
加上我的喜爱
成为山。

分分合合的泛黄的平川
加上我的思念
成为草原。

线一样细的布准黑河[1]水
加上我的泪水
成为江河。

饥饿的清瘦的下弦月
加上我的忧伤
成为满月。

---

① 布准黑河：诗人家乡的小河。

头顶蓝天的星辰
当我祭献乳汁时
繁星满天。

歌声中荡漾的青青草原
诞生女婴时
有了花朵。

迷离神秘的幻景
加上我的梦境
成为图画。

牵挂我的故乡
拥抱我的遗骨
得以圆满。

创作时间：二〇〇一年

秋天的水流

温柔的声音——流向耳朵……
和煦的风儿——流向胸腔……
暖暖的太阳——流向山脉……
难忘的回忆——流向我……

我遭遇水流随即流淌……

低沉斑驳的云朵——流淌在水面上……
秋日糊涂的牛蒡——随着风儿流淌……
南飞的候鸟——穿透天空流淌……
右邻的人家——幻景中坍塌着流淌……

我伤感着流淌……

一簇簇的沙蓬——望着浅谷流淌……
天上跌落的雾霭——绊倒于石头流淌……
想念额吉的时候——悲伤划过心房流淌……
强行忍住的泪水——黑色的路途中流淌……

我消蚀着流淌……

创作时间：二〇一一年

沙枣树和布谷鸟

沙枣树和迟归暖巢的布谷鸟
一番对话好比一段故事……

沙枣树——
怎么不见你给我的每一片叶
再唱驱散忧伤升腾欢乐的歌
当我落泪一样落下美好的果实
怎么不见你鸣啼三回宽慰我心

布谷鸟——
翅膀强大，在天空炫耀青春时
冷暖地域的距离感觉像在咫尺
羽翼苍老，当风力愈加强劲时
南北之间的路途感觉像是天涯

沙枣树——
本该你坐落的树枝空隙
秋风瑟瑟，直叫老树我周身发冷
与无声划落的星辰测算你的宿命
嫌所有的鸟叫不够，我真是太想你

布谷鸟——
飞过便忘记你的心，我不曾有过！
用歌声抚慰每一棵断枝的树，我来迟了
我的翅膀亦承受不起老去的身体
无奈我也弄断过一些树枝啊，尘世！

沙枣树——
春去秋来之间的时光真是漫长
炎热的太阳骑坐树枝，每一片叶子都在渴
每一个树枝依次梦见
坐落在它身上沸腾的每一只鸟。

布谷鸟——
我亲爱的妈妈在您的掌心筑起巢
太想飞天的我，羽翼丰满之前掉落过
您以能承载爱与忧伤的枝叶接住我
我能与天齐飞是您的恩德，我的母亲树！

沙枣树——
过失与觉悟的黑白轮回
若说只是在我的枝叶之间，那就错了。
若将些许的作为与恩情放大如天
用华丽的言语加以粉饰，那就过奖了。

布谷鸟——
就是您的影子，光也啃噬不尽的庞大。
在您呼啸时，狮子吼叫都掩不住的威武。
我的妈妈曾因畏惧您的慈悲

忘了在别人的巢里孵卵的布谷鸟之恶。

沙枣树——
划破腥臭的雾霭，绕过雷云
你也是够折腾的，也非那么强壮！
看看你与太阳作对时备受扰乱的我吧！
我摇曳起舞的枝叶未受折断的甚少。

布谷鸟——
眼见智慧的您的树枝也有断枝
看来这世间的光影真是平衡啊，尘世！
不能觉悟身旁万千道理而荒唐的
我这一味追求英勇而虚度的一生太可悲。

沙枣树——
总说大海大海，汹涌澎湃着也会冰冻
总说翅膀翅膀，不停扑闪着也会苍老。
就算只有一个，我也想把觉悟送给别人
就算脱开太阳的绊绳，连根倒下我也无悔。

创作时间：一九八〇年

后记：诗不可译，还是要译

这一篇译后记，注定与众不同。

巴·拉哈巴苏荣的诗歌以汉语的形式与读者见面，已有十二载。此时，她又以另一种面容与读者重见，无论于我，还是诗歌，都是无上殊胜的事情。回望往事，心上便有万语千言和无限感慨。

可以这样说，巴·拉哈巴苏荣的诗歌经由我的翻译，在汉语大地上开花结果的过程，正是我的文学翻译层楼更上的过程。我想就此做一些梳理，记录她与众生万物产生的种种关联，连同我个人慢慢成长的点点滴滴。

二〇〇六年十月二十五日，初译巴·拉哈巴苏荣《黑暗》《献》等五首短诗，发表在个人的新浪博客，由此开启了我的文学翻译之路。

巴·拉哈巴苏荣的诗歌透出浓郁的热情与真诚、哲思与智慧、犀利与洞见。其语言修辞精妙，音韵天成，文字里蕴藏的炽热与冷峻、宁静与撞击，连同对万物的大悲悯、大情怀，以及给无明无觉的众生下的恰到好处的毒，无不让我佩服与景仰，这一位伟大的蒙古语言大师是文字的能匠，更是人生的智者。

二〇〇七年一月十三日，经由弟弟阿古拉联络，我与诗人巴·拉哈巴苏荣首次跨境通电话，相谈甚欢，获得了翻译出版的授权。

同年四月二十六日，诗人应内蒙古一个团体的邀请来到北京，短暂停留四五日。闲暇时间，我和家人陪他去了天安门、北海、雍和宫等地，交谈中就选译诗歌内容做了沟通，请教一些其诗歌里较为生涩的词汇与意象。期间，由我召集他的老朋友——蒙古族诗人乌力吉巴图、宝音贺希格、多兰等，小聚一次，诗酒同欢。

二〇〇八年八月，《诗刊》以“新译界”专栏刊发由我翻译的巴·拉哈巴苏荣诗歌七首。

同年十一月，我参加鲁迅文学院第十届高研班暨少数民族翻译家班学习。十二月三十日，我翻译的《巴·拉哈巴苏荣诗选》汉译本，由民族出版社出版发行。集子收入诗人六十首短诗、一部诗歌剧本《无玺之邦》。蒙古族著名诗人宝音贺希格以《超越两级的自由》为题，为该译本作序。

二〇〇九年一月六日，“哈森诗歌翻译研讨会”在鲁迅文学院组织召开，白描、王彬、尹汉胤、冯秋子、树才、蔡劲松、郭雪波、宝音贺希格、乌·纳钦、多兰等作家、评论家参加；《巴·拉哈巴苏荣诗选》一书的责任编辑宝贵敏、装帧设计吾要，以及鲁迅文学院少数民族文学翻译家高研班十八个民族近五十名翻译家，围绕《巴·拉哈巴苏荣诗选》汉译本，展开了一场别开生面的研讨会。

与会专家认为，《巴·拉哈巴苏荣诗选》一书让汉语读者发现了蒙古国这位伟大的诗人诗作，填补了蒙古国诗歌译本在中国大陆近六十年的空白。《文艺报》对本次研讨会做了报道，先后刊发了宝音贺希格、乌·纳钦等学者对该译本的评论文章。随后，中国作家网、中国民族报、农民日报等媒体刊发了满全、海日寒、蔡劲松等翻译家、评论家关于该译本的评论文章。

同年四月二十三日，中国国际广播电台蒙古语部以中蒙建交六十周年专题节目，对《巴·拉哈巴苏荣诗选》汉译本作了较为全面的报道，并发布于中国国际广播电台官方网站。

同年五月二十六日，蒙古国国家电台以《随着心灵的召唤……》为专题，播出对《巴·拉哈巴苏荣诗选》译者的采访节目。

同年六月，应《中国民族》杂志汉文版约稿，本人撰写的《那些诗、那些美好的相遇 —— 关于<巴·拉哈巴苏荣诗选>译本》发表。

同年九月三日，远在台湾的席慕蓉先生收到我寄去的《巴·拉哈巴苏荣诗选》，给诗人写了一首诗，转寄给我：

母语

——写给巴·拉哈巴苏荣

你是何人　可以
在自己的土地上
指日就是日　指月即是月
音韵天成　字词精确

你是何人　可以
毫不知觉地领受着祖先赏赐的福分
从容探索　每一处山川
每一棵草木的灵魂　可以
一生都用母语来写诗
如此坦然享用　一整个族群
在时光的洪流里
为你披沙拣金而成的语言和文字

从母亲怀中接受的
是生命最珍贵的本质

而我又是何人啊
竟然　竟然任由它
随风而逝……

在写作这一后记时，短信询问席慕蓉先生意见，可否将此诗记录于此，席慕蓉先生同意了，并说“以此诗向巴·拉哈巴苏荣先生致敬，他是真正的诗人……”

自二〇〇九年十二月起，蒙古国《日报》《真理报》等报刊，相继刊发《巴·拉哈巴苏荣诗选》汉译本的报道和相关评论文章，以及对诗人巴·拉哈巴苏荣的访谈。

二〇一〇年一月三十日，蒙古国《生活速递报》刊发蒙古国国立大学教授、汉学家策·班砸拉格察博士对《巴·拉哈巴苏荣诗选》汉译本的评论。

二〇一一年六月二十六日，《巴·拉哈巴苏荣诗选》汉译本获得内蒙古自治区文联颁发的“朵日纳”文学翻译奖。

同年八月七日，我应邀参加第三届青海湖国际诗歌节。在会议筹备期间，巴·拉哈巴苏荣被指定为五位主旨发言的国际诗人之一（会议开幕时诗人因故未能前来高海拔的青海参会），其诗歌入选第三届青海湖国际诗歌节相关文集。

《巴·拉哈巴苏荣诗选》出版后，国内多家高校相关专业硕士、博士研究生，以此作为学位论文研究方向。

自二〇一三年起，本人应中央民族大学、内蒙古大学、西北民族大学等高校，内蒙古自治区党委宣传部、新疆维吾尔自治区党委宣传部等部门以及相关社会团体的邀请，围绕《巴·拉哈巴苏荣诗选》译本开展专题讲座、研究生专题课数十次。

二〇一五年八月，我和女儿阿茹罕到蒙古国，到诗人在乌兰巴托市中心百货大楼旁的寓所里，拜访了巴·拉哈巴苏荣先生。见到了常常在他诗歌里出现的爱人巴桑女士，和他的爱子诗人哈萨尔。奉上带去的礼物，他回赠我新书，喝茶、聊天、合影，时光匆匆而逝。起身、拥抱、告别，那一别，成了永远。

二〇一九年春节正月初一，我在呼和浩特惊闻诗人去世的噩耗。

一个伟大的诗人，走了。

至今，我对他的诗歌，热爱如初。对这位以作品启迪我、教育我、成就我的诗人，感激如初，敬重如初。

正是《巴·拉哈巴苏荣诗选》一书，敦促我时刻准备着，重新出发。在这十二年里，我一刻也没有停止寻找和践行。无论工作再忙，无论有多少生活琐事，文学翻译成了我的日常，像是生活必须的空气、盐巴和水，无译不欢。我开始了系统译介蒙古国诗歌的征程。

在内蒙古人民出版社的大力支持下，我完成了《蒙古国文学经典·诗歌卷》《罗·乌力吉特古斯诗选》《达·乌日央海诗选》等译著四部，并申报了第五年选题。翻译《满巴扎仓》《天上没有铁丝网》《有狼有歌的故乡》《多兰诗选》等国内知名蒙古族作家们的作品四部。向蒙古国系统译介中国当代优秀诗歌二部。缘于我长期以来致力于蒙古国诗歌的译介工作，蒙古国作家协会于二〇一七年二月，授予我“为了文学”荣誉勋章。

十二年过去，作为蒙古国文学经典的《巴·拉哈巴苏荣诗选》在市面上已呈紧缺现象，而读者需求不断，自然而然，同内蒙古人民出版社合作策划“蒙古国文学经典”系列丛书时，将《巴·拉哈巴苏荣诗选》列入其中。

此次再版，删去了第一版中的诗剧《无玺之邦》，增译了《孛儿只斤的青青草原》《梦中戈壁》等四十首短诗，对第一版中个别不够精确的词汇进行了修缮和订正。

第一版到第二版，走过十二载，有太多的回忆和感触，有太多要感恩要感激的人。与民族出版社编辑宝贵敏初次相识，是在京蒙古族那达慕上，还记得细雨霏霏中浅浅交流出版《巴·拉哈巴苏荣诗选》事宜的情形，再一次感谢好友宝贵敏在第一版《巴·拉哈巴苏荣诗选》问世过程中，付出的真情与辛苦；与吾要先生相识于他的画展上，感谢他为《巴·拉哈巴苏荣诗选》的装帧设计倾注的心血。抛开文字，图书本身是一件艺术品，缘于此，我对自己的每一部书的设计，都变得甚是挑剔，它让我明白，一本书一旦出版，就是它的一生；感谢蒙古族诗人宝音贺希格拨冗作序；感谢林莽、郭雪波、哈达奇·刚、布仁巴雅尔、树才、冯秋子等诸位老师及宝蒙权、雅茹、曙光等好友的支持、鼓励和帮助。

更要感谢内蒙古人民出版社搭建的平台，让《巴·拉哈巴苏荣诗选》再一次面世，感谢编辑于汇洋专业有素的工作，感谢苏德佈仁精心的设计。值得一说的是，我的女儿阿茹罕研读译文后，量身而作的插画，让这一译本意趣陡增。我想，我们的合作刚刚开始。

后记到了收尾时，又想起第一版的后记题目——“诗不可译，还要译”，越看越觉得好，以为放在这里，再合适不过，索性就再用它一回。这句陪了我十二年的话，这句有着较大传播力度的话，再一次把我面前的生活照亮，在前边时刻引领着我，不敢有半点懈怠。记录在此，是心得，更当是自勉的信条。

二〇二〇年六月三十日